飞呀！蚂蚱

[日]田岛征三/著·绘

彭懿　周龙梅/译

GUANGXI NORMAL UNIVERSITY PRESS

广西师范大学出版社

·桂林·

一只蚂蚱，躲在一片草丛里。

那里头有好多可怕的家伙，都盯着蚂蚱，想吃掉他。

所以，蚂蚱每天都过得提心吊胆。

不过，蚂蚱已经不想待在这里，战战兢兢地过日子了。

有一天，他下定了决心。

蚂蚱趴在一块大石头上，舒舒服服地晒太阳。

他知道这么一来，马上就会被那些可怕的家伙发现，一口吃掉。

但他还是这么做了。

果然，蛇发现了他。

恰好，一只螳螂也猛地扑了过来。

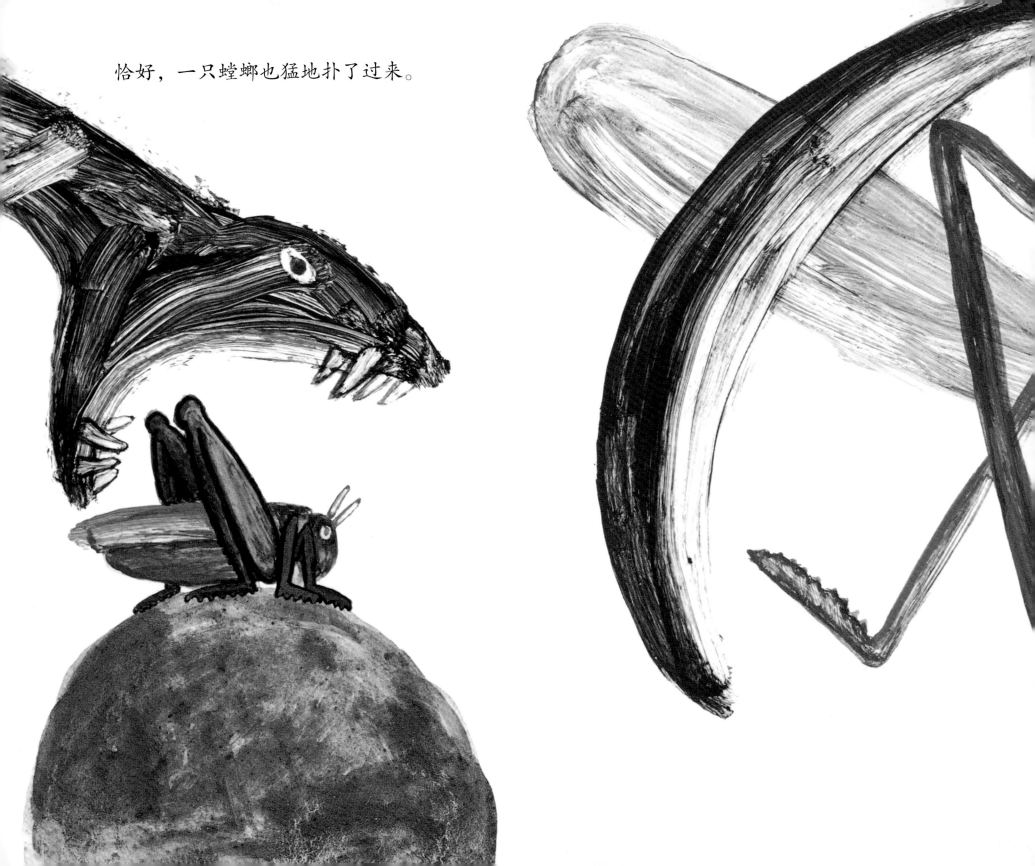

蚂蚱没命地往前一跃——
蛇扑了个空，螳螂也被撞成碎片。

蚂蚱把蜘蛛连同蜘蛛网撞了个乱七八糟，接着一直朝上冲去。

天上的鸟还以为自己中弹了。

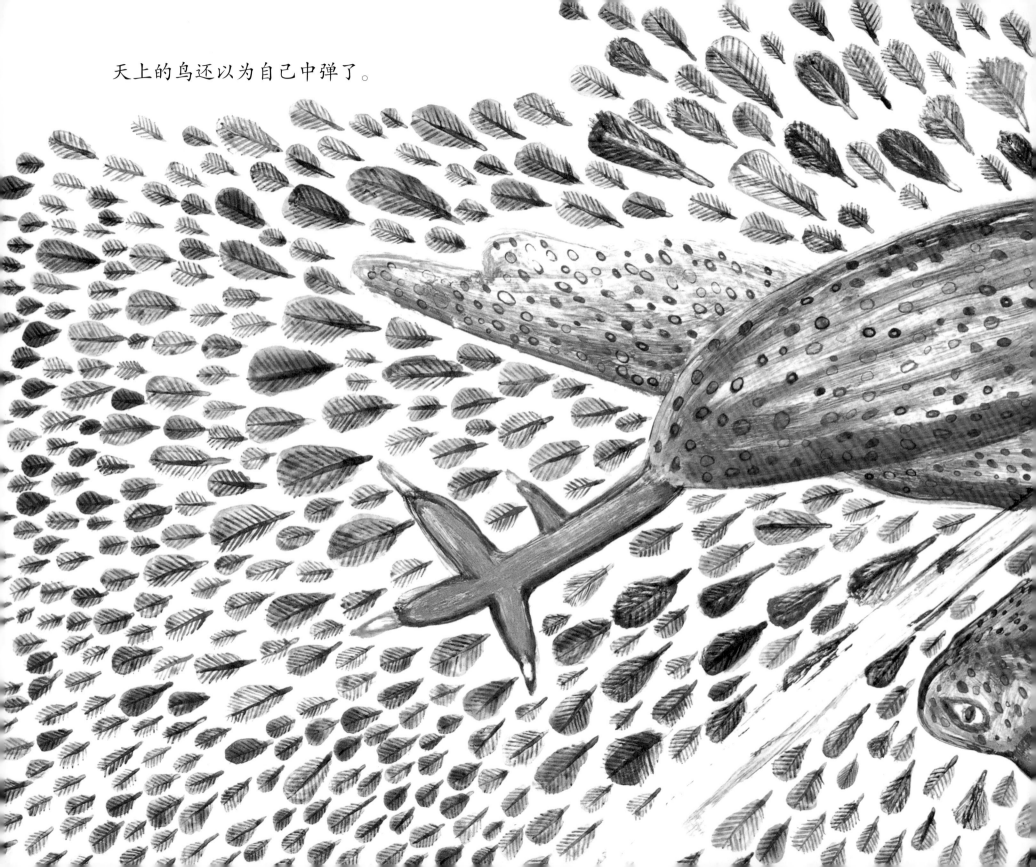

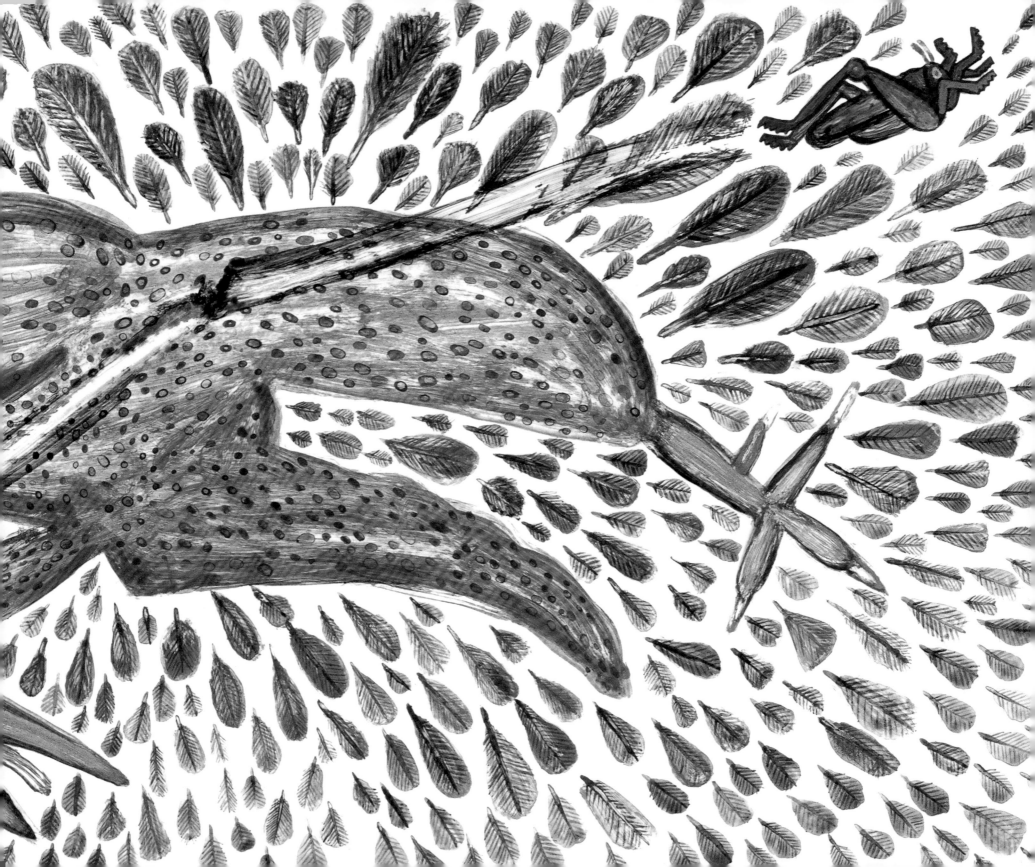

蚂蚱冲破了高空中的云朵。
他现在比谁都高。

不过，他已经没力气冲得再高了。
蚂蚱一头栽了下来。

这时，蚂蚱发现自己背上长着两对翅膀。
可他从来没有用过。

他以为这下肯定逃不掉了，就胡乱扇了扇翅膀。
想不到身体一下变轻了，飘了起来。

"你看你飞的样子，多难看啊！"蜻蜓嗖地飞过来，嘲笑蚂蚱。

"哎呀，好奇怪的姿势啊！"几只蝴蝶一边翩翩起舞，一边哄笑。

蚂蚱才不在乎别人怎么说呢。能靠自己的力量飞，就足够他高兴的了。
蚂蚱飞啊飞啊，飞得好高、好高……
他扇动翅膀，乘着风，朝自己想去的地方飞去。

蚂蚱越过荒野，

飞向远方。

飞啊！蚂蚱

Fei A Mazha

出品人：柳　漾

项目主管：石诗瑶

策划编辑：柳　漾

责任编辑：陈诗艺

助理编辑：马　玲

责任美编：潘丽芬

责任技编：李春林

とべバッタ

图书在版编目（CIP）数据

飞啊！蚂蚱／（日）田岛征三著、绘；彭懿，周龙梅译. 一桂林：广西师范大学出版社，2018.9
（魔法象. 图画书王国）

书名原文：Tobe Batta

ISBN 978-7-5598-0960-5

Ⅰ. ①飞… Ⅱ. ①田…②彭…③周… Ⅲ. ①儿童故事 – 图画故事 – 日本 – 现代 Ⅳ. ① I313.85

中国版本图书馆 CIP 数据核字（2018）第 130261 号

广西师范大学出版社出版发行

（广西桂林市五里店路 9 号　邮政编码：541004）
网址：http://www.bbtpress.com

出版人：张艺兵

全国新华书店经销

北京盛通印刷股份有限公司印刷

（北京经济技术开发区经海三路 18 号　邮政编码：100176）

开本：787mm×1 200mm　1/12

印张：3　　插页：8　　字数：26 千字

2018 年 9 月第 1 版　2018 年 9 月第 1 次印刷

定价：39.80 元

如发现印装质量问题，影响阅读，请与出版社发行部门联系调换。